JUGURTHA

BAND 16

FINIX
COMICS

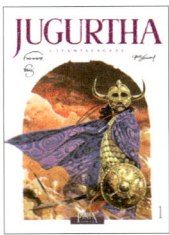

Band 1
Mai 2017

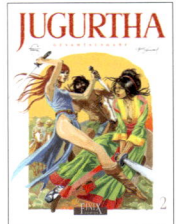

Band 2
September 2017

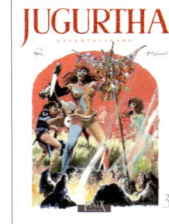

Band 3
März 2018

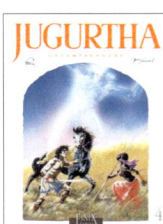

Band 4
Oktober 2018

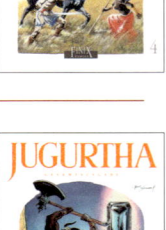

Einzelband 16
Februar 2025

FINIX COMIC CLUB

© Finix Comics · Wiesbaden ·
1. Auflage: 1.200 Exemplare - Februar 2025

JUGURTHA 16: La fureur sombre
Copyright: (c) Vernal, Michel Suro - 1995

Aus dem Französischen von Saskia Funke
Lektorat: Gerald Seiler, Uwe Roth, Oliver-Frank Hornig

Initiator & Vereinsgründer: Marc Schnackers
Clubleitung: Oliver-Frank Hornig, Rainer Heim
Lizenz / Bearbeitung: Oliver-Frank Hornig / Horst Gotta

Layout / Covergestaltung: Kai Frenken
Lettering: Charlie Blake Gotta
Herstellung: Horst Gotta

Druck: AUMÜLLER / Buchbinderische Verarbeitung: CONZELLA
Alle deutschen Rechte vorbehalten · Printed in Germany
ISBN: 978-3-945270-91-2
Die Veröffentlichung dieses Albums wurde durch
die Investoren des Finix Comic Club ermöglicht.

Weitere Informationen über den Club und seine Bucheditionen unter:
www.finix-comics.de

TEXT
VERNAL

ZEICHNUNGEN
SURO

DUNKLE WUT

KAPITEL XVI

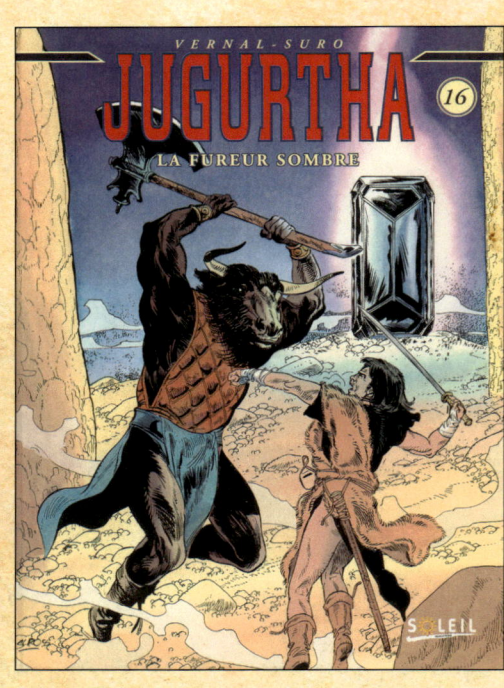

Orginalausgabe von Bd. 16 aus dem Jahr 1995,
seinerzeit erschienen bei Soleil.

Danach wurde die Serie abgebrochen.

ICH BIN MIR SICHER, HIER WOHNT KEIN GOTT! KEIN GOTT WÜRDE SICH IN MAUERN EINSCHLIESSEN WOLLEN. DIE WAHREN GÖTTER SIND IM WIND. SIE SCHIEBEN DIE WOLKEN UND BEFRUCHTEN DEN GEIST. DIE WAHREN GÖTTER, WIE AUCH WAHRE MÄNNER, BAUEN KEINE MAUERN...*.

WAS SIEHST DU DIR DA AN?

EINEN ZERSTÖRTEN PALAST, DER EINE SEHR HOHE KLIPPE SEHR TIEF HINABGESTÜRZT IST UND IM WASSER DES SEES VERSINKT...* SO EIN STURZ DAUERT IMMER SEHR LANG... AUSSERDEM GLAUBE ICH, GESEHEN ZU HABEN...

WAS GESEHEN ZU HABEN?

OH NICHTS... ICH GLAUBE, ICH HABE MICH GEIRRT...

UND WAS SIEHST DU DIR AN, JUGURTHA?

SVANNÉE...

SVANNÉE AUS DEM NORDEN...**

WAS? WIE? WAS REDEST DU DA?

* SIEHE KAPITEL XV: »DER SCHWARZE STEIN«
** SIEHE KAPITEL IV: »DIE VERGESSENE INSEL«

JUGURTHA! WAS HAST DU? DU BIST VÖLLIG GEISTESABWESEND. DEIN BLICK IST VERSTEINERT, ALS HÄTTEST DU GERADE DEN GROSSEN VORFAHR* MIT ZÄHNEN, DIE VOM BLUT SEINER OPFER TRIEFEN, GESEHEN...

KOMM! WIR MÜSSEN GEHEN... SCHNELL! DIESER ORT IST NOCH UNHEILVOLLER GEWORDEN ALS FRÜHER... ICH SPÜRE ES... ICH...

NEIN, JUGURTHA! DAMIT IST SCHLUSS. ICH WERDE DIR NICHT FOLGEN...

ICH FOLGE DIR NICHT MEHR AUF DEINEN IRRWEGEN... DEIN LEBEN IST NUR EINE LANGE FLUCHT NACH VORN... EIN ABENTEUER FOLGT AUF DAS NÄCHSTE UND DU KOMMST NIE ZU EINEM ENDE.

DU SCHLIESST NIE DIE TÜR ZWISCHEN DEINER VERGANGENHEIT, DER GEGENWART UND DER ZUKUNFT... SO WOLLTEST DU DEN HÖCHSTEN PUNKT DIESES BERGES VERLASSEN, DEN WIR SO MÜHSAM ERREICHT HABEN...

SCHÄMST DU DICH VIELLEICHT FÜR DIE DINGE, DIE DU GETAN HAST? JEDER WEISS, DASS DIE WEGE DER MACHT NICHT GERADE UND EINDEUTIG SIND... ES SIND OFT WEGE VOLLER SCHATTEN UND WINKEL. UND IM SCHATTEN BLEIBEN MANCHMAL LEICHEN ZURÜCK. DA SIND LEUTE, DIE SICH HINHOCKEN, UM SICH ZU ERLEICHTERN...

... OHNE DEN VERSUCH EINEN SCHLUSS ZU ZIEHEN, OHNE ÜBERHAUPT MIT MIR DARÜBER ZU SPRECHEN...? DAS IST VERRÜCKT, JUGURTHA! VOR WEM LÄUFST DU DAVON, WENN NICHT VOR DIR SELBST? WER BIST DU WIRKLICH, DASS DU SOLCHE ANGST HAST... UND WER BIN ICH IN DEINEN AUGEN? OFT HABE ICH DAS GEFÜHL, DASS AUCH ICH DIR ANGST MACHE!

TAC!

MACHT DIR DEINE VERGANGENHEIT ANGST, JUGURTHA? WAS DU GETAN HAST, BEVOR DU MICH KANNTEST... DIESE SAGENHAFTE PERSÖNLICHKEIT, DIESER ORIENTALISCHE PRINZ, VON DEM DU MIR SO WENIG ERZÄHLT HAST?

* SIEHE KAPITEL XIV: »DIE MONDBERGE«

... UND ANDERE, DIE UNSINNIGE DINGE VON SICH GEBEN, UND DIE MAN GERNE TÖTEN WÜRDE...

HAST DU SCHON MAL GETÖTET, JUGURTHA? ICH MEINE, EINEN MORD BEGANGEN. HAST DU ANDERE HINTERGANGEN? HABEN DIE AUSSCHEIDUNGEN DER MACHT DEINE FÜSSE BESCHMUTZT? WAS WEISS ICH SCHON VON ALL DEM? DU HAST NIE MIT MIR DARÜBER GEREDET...

ICH WEISS, DASS DIE WORTE ANDERER DIR WIE ERBROCHENES VORKOMMEN KÖNNEN...

... ODER WIE VERBRENNUNGEN, DIE SICH TIEF IN DEIN FLEISCH BOHREN...

SIND ES DIESE ERINNERUNGEN, DIE DICH ZU EINEM WORTKARGEN UND ZURÜCKHALTENDEN MENSCHEN GEMACHT HABEN?

HAST DU ANGST VOR WORTEN, DASS DU NICHT MEHR SPRICHST? HAST DU ANGST VOR DIR SELBST, DASS DU NICHT MEHR HANDELST? HAST DU DIE ANGST VOR ALLEM, SODASS DU NICHT MEHR DENKST...?

?

HAST DU ANGST VOR MIR, DASS... DASS DU NICHT MEHR MIT MIR SPRICHST... DASS...

DEINE UND MEINE WORTE SIND NICHT DIESELBEN, JUGURTHA... SIE HABEN NICHT DENSELBEN KLANG...

... NICHT DASSELBE EMPFINDEN ODER DENSELBEN SINN... WEISST DU DAS? WEISST DU, DASS DU SIE AUSSPRECHEN KANNST, OHNE DIR DIE LIPPEN ZU ZERREISSEN...?

8

ABER ICH WERDE DICH HEILEN, JUGURTHA, GLAUBE MIR! DER SCHLAFENDE LÖWE IN DIR WIRD BALD WIEDER BRÜLLEN, DAS SCHWÖRE ICH...

UND DU WIRST DAS ENDE DER KETTE HALTEN, DIE MIT SEINEM HALSBAND VERBUNDEN IST...

SIEH AN... JETZT SPRICHT ER...

ER BRÜLLT NOCH NICHT, ABER ER SPRICHT... ZUMINDEST DAS HAT MEINE REDE BEWIRKT... HALSBAND UND KETTE...

DIE VORSTELLUNG IST AMÜSANT, JUGURTHA... DOCH, WENN ICH DARÜBER NACHDENKE...

WAS DU GESAGT HAST, IST WIDERWÄRTIG... NACHDEM... NACHDEM, WAS ICH DIR GESAGT HABE... WAS FREUNDLICH WAR. WAS... WAS...

GENUG, VANIA! VERZEIH MIR, DU HATTEST RECHT... ABER ICH MUSSTE DIR DAS SAGEN.

JA, SAGE MIR, DIESE SVANNÉE AUS DEM NORDEN... HABT IHR EUCH GELIEBT?

ICH MUSS DICH ERNEUT BITTEN... WIR MÜSSEN GEHEN, SCHNELL!

SEHR SCHNELL...

JUGURTHA, ICH HABE DIR DOCH GESAGT, DASS ICH NICHT MEHR WEITER GEHEN MÖCHTE... DASS ICH...

... MIT DIR REDEN MÖCHTE, DIE RUINEN DURCHSUCHEN UND VERSUCHEN MÖCHTE, ZU KLÄREN, WAS WIR IN DIESEM PALAST GESEHEN HABEN, BEVOR ER WIE UNTER EINEM UNAUFHALTSAMEN, HEIßEN ATEM EINES VULKANS ZERFIEL!

DU BIST VERRÜCKT! WOVON SPRICHST DU? RUINEN? DA SIND KEINE RUINEN... UND EIN PALAST? WELCHER PALAST?

!

HIER WAR NICHTS AUßER METALLWÄNDEN, DIE EIN METALLDACH TRUGEN... WIE EIN HERMETISCH VERSCHLOSSENER SARKOPHAG DER ALTEN...

ES WAR EIN GROßES SCHWARZES METALLSCHIFF, DAS, DEN LEGENDEN DER BEWOHNER DIESER REGION ZUFOLGE, VON DEN WELLEN DES HIMMELS AUF DEN GIPFEL DIESES BERGES GEHOBEN WURDE...

DIE WELLEN DES HIMMELS, JUGURTHA! IST DEINE SPRACHE DIE EINES KRIEGERS ODER EINES POETEN?

?

VANIA, HÖR MIR ZU! DIESES SCHIFF IST DIE KLIPPE HINUNTERGERUTSCHT, UND JETZT IST NICHTS MEHR ÜBRIG AUßER DIESEM VERFLUCHTEN SCHWARZEN STEIN DORT, ÜBER UNSEREN KÖPFEN...

NATÜRLICH, MEIN MÄDCHEN, WAR ES MIR SOFORT KLAR, DASS ES SICH UM KIHETAS* STIRNBAND HANDELT... ODER HÄLTST DU MICH FÜR EINEN IDIOTEN?

ABER SONST HABE ICH NICHT VIEL VERSTANDEN. WIE SOLL ICH ES ERKLÄREN...? ICH HATTE SELTSAME VISIONEN... MEIN KOPF GLÜHTE. ES WAR EIN SCHWINDELERREGENDES GEFÜHL MEINE GEDANKEN NICHT KONTROLLIEREN ZU KÖNNEN, SICH ÜBERLAGERNDE BILDER ZU SEHEN, VON DENEN ICH NICHT WUSSTE, WELCHE REAL WAREN UND WELCHE NICHT... ODER VIELMEHR, WELCHE ZUR GEGENWART GEHÖREN UND WELCHE ZUR VERGANGENHEIT... ALLES UM MICH HERUM SCHIEN IN UNZÄHLIGE FARBEN GETAUCHT ZU SEIN...

EIN WENIG SO, ALS HÄTTE ICH EINEN GIFTIGEN PILZ GEGESSEN...

ICH WEIß NICHT, WELCHE AUSWIRKUNGEN DAS HAT, JUGURTHA. ICH HABE NOCH NIE EINEN GEGESSEN...

ABER ICH KANN DIR SAGEN, DASS WIR NOCH IMMER VERFOLGT WERDEN UND SIE GEFÄHRLICH NAH KOMMEN...

DU WIRST ZWAR WIEDER BEHAUPTEN, DASS ICH FORTWÄHREND FRAGEN STELLE... ABER DU LÄUFST UND LÄUFST IMMER WIEDER DAVON UND ERKLÄRST MIR NIE ETWAS...

ICH WERDE ES DIR ERKLÄREN, VANIA...

ICH KOMME...

DIE WIRKUNG GIFTIGER PILZE IST EIN WENIG SO, ALS WÜRDE MAN IN DAS LICHT DER STERNE GESCHLEUDERT...

JUGURTHA! DANACH WOLLTE ICH NICHT FRAGEN... ICH...

ALS WÜRDE MAN GÖTTLICHE LIEBE MACHEN...

JUGURTHA! OH!

DARÜBER WEIß ICH AUCH NICHT MEHR ALS ÜBER DIESE PILZE... ICH HABE DOCH NIE MIT DIR GESCHLAFEN, JUGURTHA... DU VERSUCHST, MICH ZU VERWIRREN... DICH FÜR DAS ZU RÄCHEN, WAS ICH VOR KURZEM AUF DEM GIPFEL DER MONDBERGE ZU DIR SAGTE...

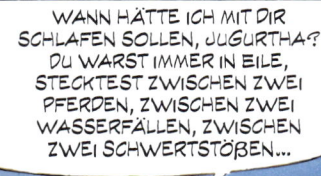

WANN HÄTTE ICH MIT DIR SCHLAFEN SOLLEN, JUGURTHA? DU WARST IMMER IN EILE, STECKTEST ZWISCHEN ZWEI PFERDEN, ZWISCHEN ZWEI WASSERFÄLLEN, ZWISCHEN ZWEI SCHWERTSTÖßEN...

* SIEHE KAPITEL XIV: »DIE MONDBERGE«

SIEHST DU...! DU BIST WIEDER GEGANGEN UND ICH WEIß NICHT EINMAL, OB DU EINS BESITZT...

?

EIN WAS?

EIN SCHWERT... DAS EINES MANNES.

DA DU VERMUTLICH LIEBER ÜBER ETWAS ANDERES REDEN WILLST, STELLE ICH DIR MEINE FRAGEN... UNSERE VERFOLGER SCHEINEN DICH NICHT SEHR ZU BEUNRUHIGEN... ICH VERSTEHE NICHT, WARUM DAS GEBIRGE, DAS HINTER UNS LIEGT, SICH AUCH VOR UNS BEFINDET... UND ICH WÜSSTE GERN, OB DU WEIßT, WO WIR SIND UND WOHIN DU UNS FÜHRST?

UNSERE VERFOLGER SIND NOCH WEIT WEG. HEUTE HOLEN SIE UNS NICHT EIN. DAS GEBIRGE HEIßT ATLAS UND LIEGT AN DER GRENZE MEINES REICHS. WIR SIND TATSÄCHLICH VON IHM UMGEBEN, DESHALB HAST DU DEN EINDRUCK, DASS ES SICH HINTER UND VOR UNS BEFINDET...

WIR REITEN ZU EINER KLEINEN OASE. VOR LANGER ZEIT WAR ICH EINMAL DORT...

JUGURTHA, WAS GENAU WOLLTEST DU MIR MIT DEINEN PILZEN EIGENTLICH SAGEN?

WÄHREND DES GESAMTEN ABSTIEGS VOM BERG, FÜHLTE ICH MICH SCHLECHT, VANIA... SEHR SCHLECHT...

UND DIESES MÄDCHEN AUF DER BRÜCKE... ICH FRAGE MICH IMMER NOCH, OB SIE WIRKLICH REAL WAR...

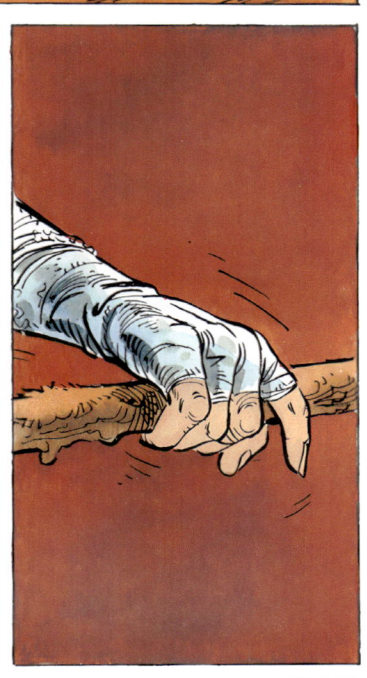

* SIEHE KAPITEL X: »MAKOUNDA«
** SIEHE KAPITEL XV: »DER SCHWARZE STEIN«

15

ICH WEIß NICHT, OB MICH DIE SELTSAME MUSIK DIESES KINDES... ODER DIESER STEIN, DEN DU MIR AN DEN KOPF GEWORFEN HAST, IN DIE REALITÄT ZURÜCKGEHOLT HAT. AB DIESEM MOMENT ERINNERE ICH MICH WIRKLICH AN DEN ABSTIEG VOM BERG...

DU ERINNERST DICH AN... WAS?

DIE OASE, VON DER ICH DIR ERZÄHLT HABE... DA IST SIE! KOMM, WIR SPRECHEN IN RUHE ÜBER ALLES, WAS DU WILLST, SOBALD WIR DORT SIND...

JUGURTHA... WIE SELTSAM... DIESER MIT KAKTEEN BEPFLANZTE ERDWALL...?

17

18

WIR LASSEN DIE PFERDE HIER...

HIER SCHEINT NIEMAND ZU SEIN... ICH WOLLTE DIR NOCH ETWAS SAGEN...

WAS?

ICH WOLLTE AUCH MIT DIR REDEN... DIR EINIGE DINGE ERZÄHLEN... UND DIR EBENSO ZUHÖREN...

JA, JUGURTHA, VIELLEICHT SPÄTER...

DAS HIER IST DER IDEALE ORT, UM SICH DEN KOPF ABSCHNEIDEN ZU LASSEN...

DAS WÄRE SCHADE, VANIA...

... DER IST VIELLEICHT DAS SCHÖNSTE AN DIR!

FINDEST DU?

?!

FRRRRTT

DRECKIGES WILDES BIEST VOLLER KRALLEN UND ZÄHNE!

MAOUW

WILDES BIEST...? DAS GLAUBE ICH NICHT...

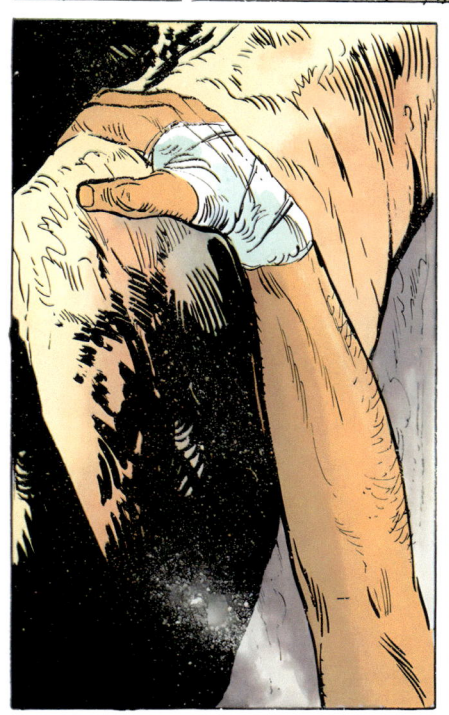

* SIEHE KAPITEL XV: »DER SCHWARZE STEIN«

DAS VERSTEHE ICH NICHT... DU ERSCHEINST NUR DENEN, DIE ZWEIFELN, ABER WENN ICH DEINE EXISTENZ ANZWEIFLE, VERSCHWINDEST DU?

DENK NACH! WENN DU SO SEHR AN MIR ZWEIFELST, DASS DU MICH BERÜHREN MUSST, BEDEUTET ES, DASS DU ERNEUT GEWISSHEIT BRAUCHST, NICHT WAHR?

WENN DU GEWISSHEIT HAST, BRAUCHST DU MICH NICHT MEHR... DER DRANG NACH GEWISSHEIT ZERSTÖRT DIE MAGIE... UND MAGIE, JUGURTHA, IST EIN SANFTER, LEICHTER WIND, DER IN DIE SEELEN DRINGT UND SIE HEILT... DEN WIND BERÜHRT MAN NICHT... MAN LÄSST IHN MACHEN...

DER WIND IST KEINE MAGIE.

NEIN? WEISST DU, WOHER ER KOMMT? WER IHN BLÄST? IN DER SAGENHAFTEN BRUST WELCHEN GOTTES LIEGT SEIN URSPRUNG?

DU BIST EIN KRIEGER... DU GLAUBST AN DAS METALL DES SCHWERTES, DAS DU BERÜHRST... WIE KANN ICH DICH AN EINE BLUME GLAUBEN LASSEN, DIE NICHT AUF EINEM BAUM ENTSTANDEN IST?

WIE DIESE ZUM BEISPIEL...

FASS SIE NICHT AN, JUGURTHA. SIE WÜRDE SOFORT MITSAMT DER MAGIE VERSCHWINDEN, DIE SIE HERVORGEBRACHT HAT.

WIRST DU AUS DER LEKTION LERNEN? DIE STÄRKSTE MAGIE IST DIE, AN DIE MAN OHNE BEWEISE GLAUBT... UND JE MEHR MAN DARAN GLAUBT, UMSO MÄCHTIGER IST DIE MAGIE!

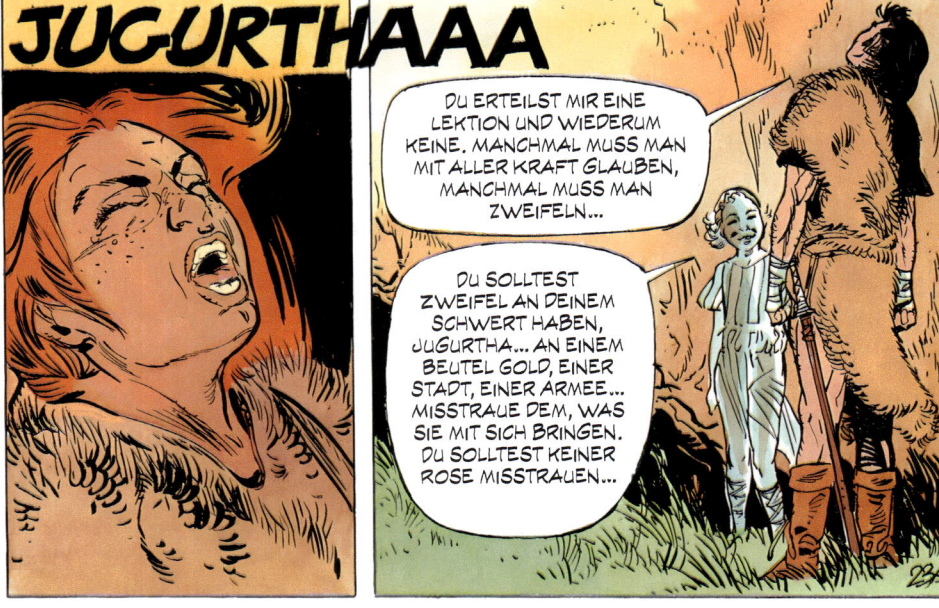

DU SPÜRST MEINE WANGE... SIE IST REAL...

EINE FRAGE NOCH: WARUM HAT VANIA DICH DORT OBEN NICHT GESEHEN?

VANIA HATTE KEINE ZWEIFEL... SIE WAR SICHER, DASS DER SCHWARZE STEIN NICHT MEHR EXISTIEREN WÜRDE... SIE WAR SELBSTSICHER... SIE BRAUCHTE MICH NICHT.

UND DER SCHWARZE STEIN? KAJAR? DEINE REDE ÜBER DIE SEELEN?

KAJAR WAR NUR EIN RÄUBER... EIN SKLAVENHÄNDLER... SEINE SEELE WAR SCHWÄRZER ALS DER STEIN, IN DEM SIE GEFANGEN WAR*... ALS ER STARB, WURDE DER STEIN WIEDER TRANSPARENT...

WENN DER STEIN WIEDER SCHWARZ GEWORDEN IST, JUGURTHA... DANN VERMUTLICH, WEIL VANIA UND DU NICHT MEHR IM EINKLANG MITEINANDER SEID...

SIE HAT EINEN STEIN NACH DIR GEWORFEN... HAT DICH BELEIDIGT, DICH VIELLEICHT GEHASST...

ABER DER STEIN WOLLTE MICH TÖTEN...

DIE SEELE DES STEINS, UND DIE DER MÄNNER UND FRAUEN, IST WIE EIN SCHWAMM IM MEER... SIE SAUGT EBBEN UND FLUTEN AUF. EINE SEELE IST KOMPLETT IN DAS MEER DER MENSCHEN EINGETAUCHT, DAS SIE UMGIBT. WENN SIE SCHWARZ WIRD, IST SIE VON DUNKLER WUT UMGEBEN...

* SIEHE KAPITEL XIV: »DIE MONDBERGE«

ICH HING AM FELSEN UND DER STEIN KAM RASEND SCHNELL AUF MICH ZU... ER WOLLTE MICH DURCHBOHREN, SO WIE DAMALS KAJAR, DEN ER GETÖTET HAT...

JA, ICH WEISS.

BEDEUTET ES... DASS... DASS VANIA MICH TÖTEN WOLLTE...?

ALSO... VIELLEICHT UNBEWUSST...

WIE EINE HEXE IN TRANCE, DIE MICH MIT EINEM FLUCH BELEGTE, UM MICH ZU VERNICHTEN...

JA, VIELLEICHT VANIA... UND ALLE ANDEREN...

ALLE ANDEREN?

JA... ALLE FRAUEN UND MÄNNER KÖNNEN HEXEN SEIN UND DICH MIT EINEM FLUCH BELEGEN...

IN DEM FALL KANN ES... SICHTBAR ODER UNSICHTBAR... HUNDERTE VON SCHWARZEN STEINEN AUF DER WELT GEBEN...

... DIE NACH DIR SUCHEN...

... UM DICH ZU TÖTEN!

WER SOLLTE MICH TÖTEN WOLLEN? UND WARUM?

JUGURTHA, DU BIST NAIV... WER? JEDER...

WARUM? ES GIBT TAUSEND GRÜNDE. ES IST UNMÖGLICH, SIE ALLE AUFZUZÄHLEN... ABER ICH WERDE DIR HELFEN.

DEIN PALAST IN CIRTA... ER MUSS VIEL NEID HERVORGERUFEN HABEN... SOWOHL BEI DEN RÖMERN ALS AUCH BEI DEINEN NUMIDISCHEN LANDSLEUTEN...

NEID BRINGT FINSTERE GEDANKEN MIT SICH, JUGURTHA...

WIRD EIN GEDANKE FINSTER, WIRD ER SCHNELL HART WIE STEIN...

UND DER MANN NAMENS JUGURTHA KANN AN EIN UND DEMSELBEN TAG UNBEABSICHTIGT FÜR DIE ENTSTEHUNG ZAHLREICHER SCHWARZER STEINE SORGEN...

IRRATIONALER
HASS, DEM EINE TAT
VORAUSGEHT...

... DIE MAN
NICHT ZU
BEGEHEN
WAGT...

DER SCHWARZE
STEIN NÄHRT
SICH VON DER
FEIGHEIT DER
SCHWACHEN...

ES BRAUCHT
MANCHMAL NUR
WENIG, UM IHN
ENTSTEHEN ZU
LASSEN...

UND ICH HABE NOCH NICHT
VON DEINEN ERKLÄRTEN FEINDEN
GESPROCHEN... DIE, DENEN DU
ENTKOMMEN BIST... UND DEREN GEDANKEN
IMMER UNNACHGIEBIGER WERDEN.

JEDER
ENTSTANDENE
GEDANKE IST EIN
FLUCH, MIT DEM MAN
DICH BELEGT UND
DER DICH VERFOLGT...
DENKST DU, DU BIST
EIN MANN, DEN MAN
VERGESSEN KÖNNTE,
JUGURTHA?

ALSO VEREINEN
SICH ALL DIESE
FINSTEREN GEDANKEN
SCHLIESSLICH IN
DIESEM VERFLUCHTEN
STEIN?

ZUM GLÜCK EXISTIERT DIESER STEIN NICHT MEHR... ER IST GEPLATZT, WIE EINE BLASE... DA OBEN AM BERG, KURZ BEVOR DU ERSCHIENEN BIST...

DU IRRST DICH, JUGURTHA...

WAS MEINST DU DAMIT?

SIEH HER!

WER WIRD MICH VON DIESEM SCHWARZEN STEIN BEFREIEN...? DU?

DIE LIEBE, JUGURTHA! NUR DIE LIEBE EINER FRAU KANN DEN SCHWARZEN STEIN ENDGÜLTIG ZERSTÖREN.

VANIA?

ABER... ICH HÖRE STIMMEN... JUGURTHA SPRICHT MIT JEMANDEM. WIE? MIT WEM?

JUGURTHAA!

AH, ER REGT MICH AUF...!

34

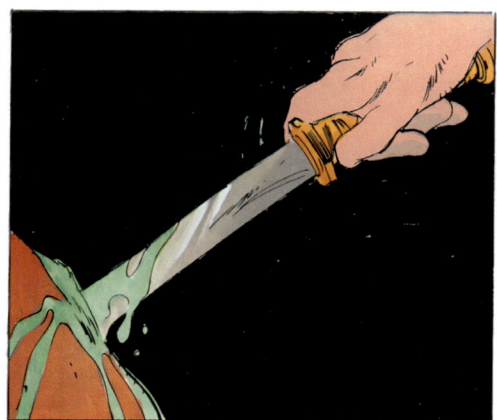

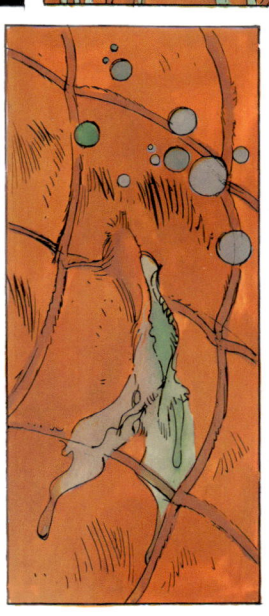
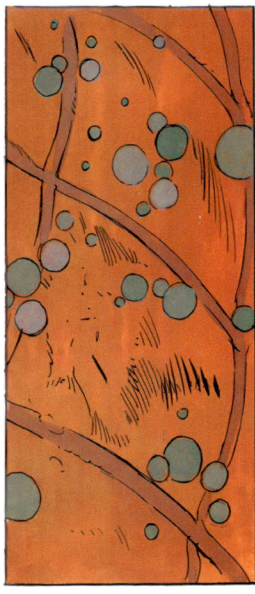

38

WIE DU MERKST, GEFALLENER PRINZ... ERSTICKT DICH DIE DUNKLE WUT! BALD ZIEHT EIN ROTER SCHLEIER VOR DEINEN AUGEN VORBEI... UND DANN NICHTS MEHR... EIN SCHWARZES LOCH...

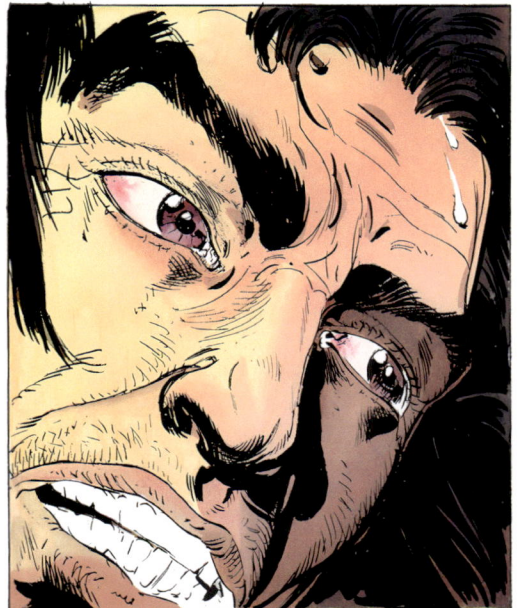

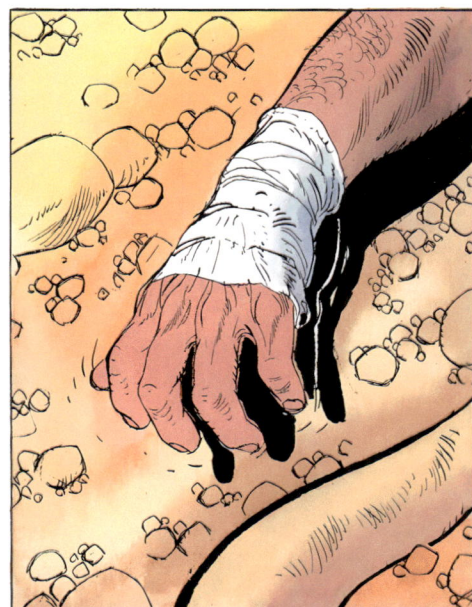

AAARH

TCHAC

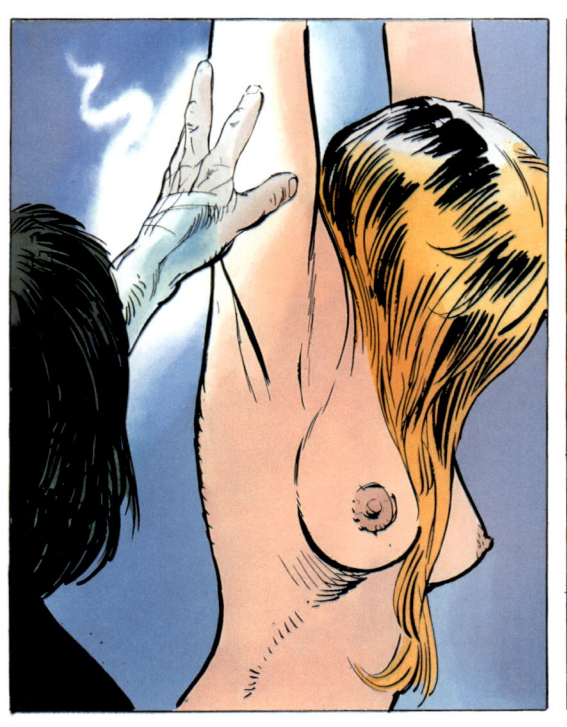

!?

NEIN!

NEIN!

BERUHIGE DICH...
AN DER ANGST IN DEINEN
AUGEN ERKENNE ICH, DASS DU
DEM HERRN DER DUNKLEN WUT
BEGEGNET BIST. WENN DU
ZURÜCKGEKEHRT BIST, OHNE
DEM WAHN ERLEGEN ZU SEIN,
BEDEUTET DAS, DASS DU IHN
BESIEGT HAST!

DU MUSST NUR
NOCH DEINE ANGST
VOR DER LIEBE
ÜBERWINDEN,
JUGURTHA...

WIE DIESE
FRATZENHAFTE MASKE,
DIE DU ANGEWIDERT
BETRACHTEST.

ABER,
WIE...?

UND DIE IN
HUNDERT TEILE
ZERBROCHEN
WERDEN
SOLLTE!

ABER WER BIST DU? DU BIST EINE ZAUBERIN... NICHTS VON ALLDEM IST REAL... DU VERNEBELST MEINEN VERSTAND MIT DEM DUNST DEINER MAGIE... DU WECKST DIE VERRÜCKTESTEN TRÄUME IN MIR...

DIE TRÄUME SIND SO REAL WIE DIE BEWEGUNGEN DEINES KÖRPERS... TRÄUME SIND DIE ABENTEUER UND TATEN DEINES GEISTES. TRÄUME HINTERLASSEN EBENSO VIELE SPUREN WIE DER DURCHMARSCH EINER ER- OBERNDEN ARMEE.

ALSO IST ALLES ECHT? ICH HABE DIESES EKELHAFTE TIER MIT DEM STIERKOPF WIRKLICH GETÖTET... MEIN SCHWERT IST WIRKLICH AN SEINEN HÖRNERN ZERBROCHEN?

VORSICHT, JUGURTHA, DU FÄNGST WIEDER AN ZU ZWEIFELN. ES IST NICHT GUT, IMMER ALLES ANZUZWEIFELN...

DOCH UM DEINE FRAGE ZU BEANTWORTEN... JA, ALLES WAR ECHT... IRGENDWIE. DEIN SCHWERT... SIEH ES DIR AN.

HALT EIN! DIES IST NICHT MEIN KÖRPER... ES IST DER KÖRPER EINER MEHRERE TAUSEND JAHRE ALTEN EIDECHSE, IN DER ICH GEFANGEN BIN.

ICH WERDE DIR MEHR DARÜBER ERZÄHLEN, WENN DU MICH AUS DIESEM KÖRPER UND AUS DEM VERSTECK BEFREIT HAST, IN DEM SICH DIE EIDECHSE BEFINDET...

DICH BEFREIT?

JA. SCHWÖRE MIR, DASS DU KOMMST...

ICH ZEIGE DIR MEINEN WAHREN KÖRPER, JUGURTHA. DEN, DEN DU FINDEN WIRST, WENN DU DIE EIDECHSE GETÖTET HAST... ICH HEIßE ANAMONA... KOMM NÄHER... DAMIT ICH DIR ERKLÄRE, WAS ZU TUN IST...

WÄRE ES DIR ETWA LIEBER, WENN ICH MICH BEDECKE...? KOMM! TRITT NÄHER...!

SIEH DIR EINE FACETTE DES STEINS NACH DER ANDEREN AN... DU WIRST DEN WEG SEHEN, DER VOR DIR LIEGT.

DA IST ZUERST EINE FRAU, DIE DIR AUF-LAUERT... GANZ IN DER NÄHE. IHRE ABSICHTEN SIND UNKLAR...

KIHETA...!

SIE VERSUCHT, VANIA DAS GEHEIMNIS DER LANGLEBIGKEIT DES GROßEN VORFAHRS ZU ENTLOCKEN...

... DAS SIE ANGEBLICH AUF DEM GIPFEL DES BERGES GEFUNDEN UND IN IHRER TASCHE VERSTECKT HAT...

45

UND DIESER HÄSSLICHE KLEINE KERL... KENNST DU IHN?

JA, MOSO*...

ER HAT NICHTS GUTES VOR... SIEH NUR, WIE DUNKEL DER STEIN GEWORDEN IST...

DIESE FRAU, KIHETA... SIE WIRD DIR NOCH WEITER FOLGEN... AN DER SPITZE WILDER KRIEGERINNEN.

... BIS ZU DEM DORF, IN DEM DU DEN SCHLÜSSEL ZU MEINEM GEFÄNGNIS FINDEN WIRST...

DIESER SCHLÜSSEL WIRD VANIA VON EINER WILDEN KATZE ÜBERGEBEN...

??

DU SIEHST... DASS DIESER STEIN VON NUTZEN SEIN KANN, OBGLEICH ER MANCHMAL SCHWARZ IST. ER LIESS DICH IN DIE ZUKUNFT SEHEN... UND ER HAT NOCH ANDERE KRÄFTE, DIE DU SPÄTER ENTDECKEN WIRST.

UND WAS SIEHST DU JETZT?

ÄHM... ICH...

DAS IST DIE SPIEGELUNG DESSEN, WAS IN DIR VORGEHT, JUGURTHA.

* SIEHE KAPITEL XIII: »DER GROSSE VORFAHR«

46

SIEHST DU, VANIA, ES GAB KEINEN GRUND ZU JAMMERN. ICH HABE DIR ALLES ERZÄHLT...

MAG SEIN, ABER ES ÜBERZEUGT MICH NICHT... EIN KIND, DAS SICH IN EINE EIDECHSE UND DANN IN EINE NACKTE FRAU VERWANDELT... HMM! WAR SIE WENIGSTENS HÜBSCH?

HIER IST DEIN SCHLÜSSEL!

VANIA !!

44A

VANIA... WARUM HAST DU DAS GETAN?

AU!

44B

DAS PASSIERT, WENN MAN MIT DEM FEUER SPIELT.

HAST DU VOR, IN DIESES TAL DER EIDECHSEN ZU GEHEN?

JA... SCHON ALLEIN, UM DIR ZU BEWEISEN, DASS ES REAL IST... DASS ICH NICHT VERRÜCKT BIN...

DOCH DAFÜR MÜSSTE ICH DICH BEGLEITEN...

44B